LE CANDIDAT.

PAR

J. B. LEGRIP.

Prix, 10 sols.

A PARIS,

Chez {
BATILLIOT frères, Imprim.-Libraires,
rue du Foin St.-Jacques, N°. 11.
Tous les Marchands de Nouveautés.

VENTÔSE, AN VIe. DE LA RÉP.

LE
CANDIDAT.

DAMIS.

Eh bien! mon jeune ami, comment vont les
       plaisirs?
Jouissez-vous toujours au gré de vos desirs?
Songez-vous à la paix? irez-vous à la guerre?
Vous verra-t-on descendre aux bords de l'Angle-
       terre,
Et sous les yeux de Mars, par de terribles coups,
Vous faire ce printemps un nom digne de vous?
Mais, quoi! vous vous taisez! quel malheur vous
       chagrine?
Auriez-vous éprouvé des rigueurs chez Corine?
Jusqu'ici sans pudeur, grâces aux mœurs du temps,
Aglaé voudroit-elle être chaste à vingt ans?...
Votre front s'obscurcit... Votre souci redouble!
Je veux absolument savoir ce qui vous trouble:
Parlez.

DORVAL.

Je suis charmé de vous trouver, Damis.
Il me faut votre appui, celui de vos amis;
J'y compte.

D A M I S.

Avec raison, mais daignez donc me dire...

D O R V A L.

Un seul mot suffira, Damis, pour vous instruire
Dans quinze jours d'ici commence Germinal.

D A M I S.

Quoi! vous songez!... Allons, vous vous moquez,
    Dorval.

D O R V A L.

Vous êtes le premier, ma foi, qui s'en étonne.
Je ne m'estime point au-dessus de personne ;
Mais chacun vaut son prix. J'ai quelque instruc-
    tion,
Je m'exprime sans peine, et j'ai l'ambition
D'être pour l'an prochain, à mon tour, quelque
    chose.
Vous me direz peut-être, ami, que je m'expose
Rien n'est solide encor; un mois peut tout changer
Mais j'ai pris mon parti, j'en brave le danger.
Corine est à Beauvais, département de l'Oise;
Elle court le pays , l'attire et l'apprivoise.
Ces campagnards, dit-on, sont d'assez bonnes gens
Elle les fait dîner, ils s'en vont tous contens,
Me promettent leurs voix, et sans bruit, sans
    scandale ,
Sans longs déchiremens , la faveur générale
Me portera d'abord au Corps Législatif,
Dont on me dit déjà député présomptif.

'ant de francs animaux ont obtenu des places !
\vec un peu d'esprit, de talens et de grâces,
l faudroit, à vrai dire, être bien malheureux
'our ne pas réussir en pareil cas comme eux.

DAMIS.

'approuve vos projets; ils sont grands, honora-
          bles ;
l nous faut des talens, des gens vraiment capables
En finances sur-tout...

DORVAL.

                    Ce n'est pas là mon fort;
Mais l'on peut sans compterfaire un savant rapport.
Les calculs m'ont toujours donné mal à la tête;
Et si sur ce point-là quelque chose m'arrête,
Je ferai comme a fait certain législateur :
J'irai prendre aux Charniers un bon calculateur,
(On trouve là des gens qui savent leur Barême)
Et lui désignant bien le sujet de son thème,
J'en tirerai, j'espère, un passable morceau.
On a mal-à-propos interdit les bravo;
Les applaudissemens excitoient le courage...

DAMIS.

Ils avoient bien aussi quelque désavantage ;
Mais qu'on en donne ou non, vous les mériterez,
Et si ce n'est sur l'heure, un jour vous les aurez.
D'abord, vous reverrez toutes nos lois civiles.
De dispositions justes, simples, faciles,
Vous ferez adopter un ensemble nouveau.

DORVAL.

Ah ! mon Dieu, vous savez que je hais le barreau
A la mort, et jamais je ne lus la coutume.
Un jour, il m'en souvient, je saisis un volume
Chez mon oncle, je crois, sur les donations,
Les testamens, les dots et les successions.
On me l'avoit vanté comme un très-bon ouvrage.
D'honneur je m'endormis sur la première page.
Mais nous aurons assez d'avocats discoureurs ;
Et s'il faut s'occuper de juges, de plaideurs,
Ja saurai me garder de dire une parole.
Que chacun ici bas ne fasse que son rôle,
J'en réponds sur ma tête, alors tout ira bien.

DAMIS.

Oh ! je devine enfin, mon cher concitoyen,
Je vois que vous prendrez la cause du commerce.

DORVAL.

Du tout. Mon père étoit un gros marchand de
    Perse.
Vous l'avez vu long-temps dans le petit parvis ;
Mais il me destinoit moi, l'aîné de ses fils,
A la cour, et j'ai fait presque toutes mes classes
Aussi n'ai-je eu jamais d'inclinations basses.
Et tandis qu'on voyoit mes frères au comptoir,
J'allois tout jeune encor de boudoir en boudoir.
J'ignore ce que c'est que marc, banque, assurance
Et je n'ai jamais pu bien faire une quittance.

DAMIS.

La marine peut-être a fixé tous vos soins ;

Cette branche importante a de pressans besoins !

DORVAL.

Sans doute ce sujet en méritoit la peine ,
Mais je n'ai jamais vu que les bateaux de Seine ;
Et quoiqu'un esprit juste indiquât aisément
D'où viennent nos revers sur l'humide élément ,
Ne pouvant deviner le mieux qui reste à faire ,
J'ai cru qu'en arrivant il me faudroit me taire ,
Attendre qu'on en parle , et quand chacun aura
Discuté longuement , qu'on délibèrera ,
Saisissant avec art cette chance opportune ,
C'est alors que je veux aborder la tribune.
J'étonnerai l'Europe , et j'aurai le crédit ,
Quoiqu'en ne répétant que ce qu'on aura dit ,
De faire prendre enfin , dans un court intervalle ,
Des moyens créateurs de puissance navale.

DAMIS.

Mais quel est donc l'objet que vous pouvez traiter ?
Dans quel cas le sénat pourra-t-il consulter
Votre utile savoir ? est-ce l'art militaire ?...

DORVAL.

J'ai porté près d'un an l'habit de volontaire ;
C'étoit durant le temps de l'affreuse terreur.
J'avois pour ce métier une invincible horreur ,
Et de plus mon docteur , le médecin Procope ,
Prouvoit , pour de l'argent , que j'étois né myope.
J'ai su ce que c'étoit que l'embrigadement ;
Mais je n'ai jamais vu d'autre retranchement

Que celui de Paris du côté de Montmartre,
Où l'on nous envoyoit tous les jours quatre à
      quatre
De la section de l'Est, quand les fiers Prussiens
Epouvantoient si fort nos bons Parisiens.
Quoiqu'il en soit, s'il faut donner à nos armées
Des réglemens plus doux, des lois mieux expri-
      mées,
On le sait, nous avons cinquante généraux
Qui tous ont là-dessus de bons matériaux.
Je ferai mon profit de leur expérience;
Et sans avoir le mal d'acquérir la science,
J'aurai part à l'honneur. Je serois tout honteux
D'aller, fussé-je instruit, rien proposer sans eux.

DAMIS.

Au moins, connoissez-vous les arts, l'agriculture?
Savez-vous jusqu'où vont?...

DORVAL.

           Que j'aime la nature !
Que mon cœur la sent bien! Ermenonville, Sceaux,
Bagatelle, St.-Cloud, Montmorency, Mousseaux,
Vos aspects ravissans, vos bosquets admirables
Me semblent chaque jour plus gais, plus agréables!
J'aime sur-tout à voir le nerveux laboureur,
Courbé sur les hoyaux, oubliant la chaleur,
Tracer en frédonnant un sillon difficile.
C'est-là, mon cher Damis, là plutôt qu'à la ville,
Dans ces champs dévorés par un soleil ardent,
Qu'on trouve l'homme probe, obligeant et content.

J'ai souvent réfléchi, Damis, à cette affaire :
Pour qui vit dans les champs nous n'avons rien
            à faire.
Législateurs sensés, laissons les campagnards
En paix , et secourons les muses et les arts.
Durant la guerre , hélas ! la chose est mal-aisée ;
Mais encore quelques jours , et la France lassée ,
Dédaignant la victoire , insensible aux succès ,
Déposera sa foudre et donnera la paix.
Alors j'appuirai , moi , les enfans de Minerve.

DAMIS.

Dorval , je le vois bien , vous avez de la verve ;
Mais faut-il vous parler en ami peu flatteur ?

DORVAL.

Faites.

DAMIS.

Ne tentez point d'être législateur.

DORVAL.

Comment donc !

DAMIS.

            Pardonnez mon antique franchise.
Oui : vous vaudriez-mieux, s'il faut que je le dise,
Que beaucoup d'intrigans qui fixeront le choix
D'un peuple simple et bon qui veut de douces lois,
Et se fie aisément à celui qui l'assure
D'alléger le fardeau des charges qu'il endure,
De r'ouvrir les canaux de la prospérité,
De réfréner l'usure et la cupidité,

De marquer d'un fer chaud l'infâme agiotage,
Et de nous rendre enfin les mœurs du premier âge.
Ils viendront au sénat , honteux de les trouver
Dans son enceinte auguste, à pleine voix prouver
Leur incapacité , leur profonde ignorance.
Laissez leur cet excès de folle suffisance.
Voyez tous les moyens qu'il faut en pareil cas :
Vous pourrez les avoir, vous ne les avez pas.

   Quiconque veut monter à la noble tribune
Où du peuple Français se règle la fortune,
Doit avoir dès long-temps servi la liberté,
Et s'être prononcé contre la royauté.
Le forcéné Willot, Jordan le fanatique,
Et tous ces impudens qui composoient leur clique,
Ont en moins de cinq mois fait l'essai douloureux
De ce qu'un si beau poste a de plus dangereux.
Un peu moins grand, pour prix de leur hypocrisie,
Le vainqueur outragé leur eût ôté la vie.
Mais si, fou partisan d'un lâche scélérat,
Un candidat étoit disciple de Marat;
Qu'il craigne d'approcher du sacré sanctuaire :
La France a renversé l'idole sanguinaire
Dont les prêtres étoient de farouches bourreaux.
Elle abhorre le sang et voue des tombeaux
A ces infortunés, innocentes victimes,
Dont les rares vertus furent les premiers crimes.
Ombres des Desmoulins, des Verniaux, des Thouret,
De l'humain Philippeaux, du savant Condorcet,
Du jeune Beauharnais, oubliez vos injures !
Nos cœurs désespérés saignent de vos blessures !
Nos fautes ont sans doute été celles du sort !
Ah ! quand vous souffriez, qui n'attendoit la mort

Mais ce n'est pas assez que du patriotisme :
Sans talens , sans sagesse un imprudent civisme
Mène presque toujours à de honteux excès :
C'est à des ignorans que le peuple Français
Dut les calamités qui long-temps l'accablèrent ;
Ils crurent le servir quand ils le désolèrent.
Ne sachant distinguer le crime des vertus ,
Ils furent assassins en invoquant Brutus.
Soyez bon financier, militaire , légiste,
Diplomate, marin, agriculteur, artiste ;
Avant tout , soyez sage. Ayez la fermeté
Qui convient aux gardiens de notre liberté ;
Et si des égorgeurs la troupe vous assiége ,
Sachez, nouveau Féraud, mourir sur votre siége.
   Ils ne reviendront plus ces désastreux momens ,
Où le peuple aveuglé suivoit les mouvemens
De brigands achetés pour lui rendre ses chaînes ;
Un gouvernement fort a pris enfin les rênes
De l'Etat. Avec lui , vers le bien général
Autant qu'il se pourra, marchez d'un pas égal.
   Des parleurs éternels je hais le bavardage ;
Eviter la tribune est souvent le plus sage.
   J'ai connu du sénat un membre peu marquant;
Il étoit réfléchi, sage, bon, éloquent.
De garder le silence il eut la modestie ;
Jamais durant cinq ans il ne fit de sortie
Contre des malheureux sans force , sans moyens ;
Mais il rendit service à mille citoyens.
L'un lui doit son enfant, l'autre sa tendre mère ;
Celui-ci retiré d'une affreuse misère
Lui doit un emploi sûr , honorable soutien.
Sans lui cet autre encor reclameroit son bien.

Aujourd'hui retiré, dans ses loisirs tranquilles,
Il cultive les arts, les sciences utiles.
Puissent lui ressembler tous nos législateurs !
Puissent sur ses pareils nos futurs électeurs,
Sentant de choix bien faits les réels avantages,
D'une commune voix réunir leurs suffrages !
Qu'ils rejettent sur-tout ces hommes immoraux,
Appuis déshonorés des filles, des tripots,
Dont l'impudique vie est un affreux scandale ;
Honte à l'être pervers qui n'a point de morale !
    Vous m'avez entendu, Dorval, qu'en dites vous ?

D O R V A L.

Qu'il me seroit permis de me mettre en courroux
Peut-être ; mais de vous j'attends quelque service ;
Vous pouvez à Beauvais me rendre un bon office :
Si je ne voulois plus qu'être municipal,
Voyons.

D A M I S.

Adieu, mon cher, au premier prairial.

F I N.